두부는
비폭력 무저항주의자

서윤규 시집

시인동네 시인선 029

서윤규 시집

두부는
비폭력 무저항주의자

시인동네

시인의 말

오늘도, 나는 생각한다.

고문 기술자처럼
시를 쓴답시고
시를 고문하는 것은 아닐까?
써지지 않는 시를 붙잡은 채
끙끙 앓으며
고문 기술만 느는 것은 아닐까?
생각,
또 생각한다.

2015년 양평 들녘에서
서윤규

두부는 비폭력 무저항주의자

시인의 말

차례

제1부

제2부

제3부

제4부

제1부

겨울 산책

내 산책의 끝에는 무덤이 하나 있다.
밤새 눈 내린 아침
그 누가
깨끗이 씻어 엎은
밥그릇을 뒤집어놓은 걸까.
밥풀 하나 흘리지 않고
꾹꾹 눌러 담은
하얀 고봉밥 한 그릇.
아침 햇살이 먼저
한입 푸욱
떠먹는다.

꽃

꽃은 뿌리로부터 가능한 멀리 달아나려고 했다.

하늘과 땅, 안과 밖, 어둠과 밝음, 결속과 이탈의 경계에서 꽃은
꽃대를 밀어 올리며
어두운 과거로부터 도망치듯 뿌리를
뿌리치려고 했다.

뿌리가 흙을 움켜쥐고 있는 사이
한 줄기 빛을 향해 곧장 달려가는 꽃의 뒤를
살아서 시퍼런 눈을 뜬 이파리가
줄기마다 손을 뻗으며
바짝 뒤쫓기도 했다.

붕붕,
붕붕,
따끔한 충고의 말을 아끼지 않는 벌에게
정곡을 찔리는 순간, 말문이 막히며
말의 씨앗이 맺히기도 하는

>

꽃은, 올해도 뿌리마다 얽히고설킨 매듭을 풀며
가능한 멀리 달아나려고 했다.

한 줄기 빛을 따라 한 뼘씩 밀어 올리던 길, 꽃대가
뿌리의 반경 안에 쓰러진다.
허공 저 멀리 달아나던 날들이 또다시 포물선을 그리며
무너져 내리던 날,

연기처럼 가늘게 피어오르는 그 길을 따라
나비가 한 마리 날아가기도 했다.

두부

두부를 보면
비폭력 무저항주의자 같다.
칼을 드는 순간
순순히 목을 내밀 듯 담담하게 칼을 받는다.
몸속 깊이 칼을 받고서도
피 한 방울 흘리지 않는다.
칼을 받는 순간, 죽음이 얼마나 부드럽고 감미로운지
칼이 두부를 자르는 것이 아니라
두부가 칼을 온몸으로 감싸 안는 것 같다.
저를 다 내어주며
칼을 든 나를 용서하는 것 같다.
물어야 할 죄목조차 묻지 않는 것 같다.
매번 칼을 들어야 하는 나는
매번 가해자가 되어 두부를 자른다.
원망 한번 하지 않는 박애주의자를
저항 한번 하지 않는 평화주의자를
두 번이고 세 번이고 죽이고 또 죽인다.
뭉텅뭉텅 두부의 주검을 토막 내어

찌개처럼 끓여도 먹고
프라이팬에 기름을 두르고 지져도 먹는다.
허기진 뱃속을 달래며
눈물 한 방울 흘리지 않는다.

반죽

밀가루처럼
가루가 되어 부서진 나를 반죽합니다.
나를 힘껏 누르면
두꺼운 나이테를 두른 나무도마가 또다시 나를 밀어냅니다.
누르는가 싶으면 밀어내고 밀어내는가 싶으면 누르는
나무도마 사이에서 나는
하나의 반죽 덩어리가 됩니다.
손아귀에 힘을 주며 다그치듯 나를 다잡습니다.
그러면 헛된 약속과 다짐처럼
온몸 구석구석 몸속에 든 공기가
그 어두운 속내를 드러내며 하나 둘 빠져나갑니다.
붙임성 좋은 세포들
공기가 빠져나간 틈 사이를 메우며 더욱더 긴밀하고 친밀해
집니다.
　빈틈없는 한 덩어리가 되어 똘똘 뭉칩니다.
　이마에 굵은 땀방울이 맺힙니다.
　밀리는 듯 밀면서 미는 듯 밀리면서
　온몸에 탄력이 붙습니다.

몸속 깊이 점성 강한 탄력이 붙으면서
다시 한 번 가슴이 뜨거워지면서
끈기를 잃고 무너져 내리던 날들을 일으켜 세웁니다.
조금씩 손목의 힘을 풉니다.
나무도마도 각진 어깨의 힘을 풀며
겹겹의 주름진 나이테를 한쪽 옆으로 밀어놓습니다.
허름한 기억의 손끝마다 어느새
차지게 다져진 근육과 살점이 만져집니다.
뼈보다 단단한 약속과 다짐이 지문처럼 선명하게 묻어납니다.

삶은 계란처럼

정지 화면 같은 창문 밖으로
정오의 태양이 계란 프라이처럼 익어가고 있다.

남자의 꿈은 작고 동글동글하다.
일 년 삼백육십오일,
모나지 않고 드러나지 않게 굴리는 삶의 껍질은
살얼음판처럼 얇고 위태로웠다.
남자는 일 년 내내 수첩 속 달력에 그려놓은
동그라미의 개수를 세어본다.
날카로운 모서리에 부딪치고 깨지며 금 가지 않은 날들이
계란 한 판만큼도 되지 않았다.

날계란처럼 깨지는 순간
묽고 비린 슬픔을 체액처럼 흘리며 무너져 내리기 전에
남자는 설설 끓는 세상의 온도 속에 몸을 담근다.

남자 나이 마흔 넷,
남자의 삶이 계란처럼 익어간다.

뜨겁게 달구어지는 냄비 바닥 위로 방울방울 맺히는 기포들이
발을 동동거리며 일제히 머리를 밀어 올릴 적마다
냄비 뚜껑이 들썩거린다.

정신 차려!
남자는 스스로를 질책하듯
삶은 계란처럼 삶은 삶의 껍질을 깬다.
탁,

거울

납작한 몸의 반을 수은으로 바른 뒤
나는 거울이란 이름으로 다시 태어났습니다.
어느새 나는 수은에 중독된 채
유리의 삶에서 점점 멀어집니다.
나는 습관이고 중독입니다.
당신은 습관처럼 오늘도 내 앞에 서서
넥타이를 맵니다.
넥타이를 맬 적마다 당신은
허리띠를 졸라매듯 턱밑까지 바짝 목을 죕니다.
끝내 놓을 수 없는 목숨줄처럼
넥타이 끝에 매달린 당신이
사색이 되어 끌려가는 동안 나는
당신의 뜨거운 열정과 싱싱한 피를 빨대처럼 빨아먹으며
오히려 피에 굶주린 흡혈귀처럼 창백해집니다.
당신이 늙어갈수록 나는 젊어집니다.
잔주름 하나 없는 나는 깨질 듯 팽팽합니다.
그 무엇 하나 담아본 적 없는 나의
텅 빈 가슴을 향해

몇 억 광년의 거리를 달려와
내 몸에 닿는 순간, 꺾이는 무수한 빛들의 잔해.
나의 이면은 빛 한 점 통과할 수 없는 어둠뿐입니다.
오늘도 당신은 호호
입김을 불며 나를 닦습니다.
세상 저 너머 머나먼 그곳처럼 손길이 닿지 않는
등 뒤, 각질처럼 두꺼운 누대의 어둠
한 겹 한 겹 벗겨냅니다.

목련 왕국

목련 왕국에 도착하는 데
백년이 걸린다고 한다.
슬픈 꿈길을 걸어가는 동안
백발이 되어
백년 목련 왕국에 도착하였다.
백발의 귀신이 되어
목련꽃 하얀 꽃그늘 아래서의 며칠
꿈결처럼 지나가고
꽃그늘마저 진다.
그 흰 그림자를 밟으며
또다시 백년 꿈속을 떠돈다.
백년 떠돌이의 사월
목련 왕국에 도착해서야
겨우 든다.
바로 조금 전
목련꽃 하얀 꽃그늘 아래,
한 점 온기를 남긴 채
며칠 머물다 떠났다는

그대 그
소식.

맛이 간다는 것에 대하여

냉장고 안 밀폐 용기 속에서도 음식은
맛이 가고 있었다.
외부와의 접촉을 끊은 채
갈등은 내부에서도 일어나고 있었다.
세포 조직이 무너지고 흐트러지면서
결속의 끈이 느슨하게 풀어졌다.
음식 남녀처럼
긴밀했던 너와 나의 관계가
죽은 세포들 사이로 빠져나갔다.
믿을 수가 없어서
그 어디에도 안전한 곳은 없어 보였다.
밀폐된 공간 속에서 은폐된 진실처럼
우리는 수상한 냄새를 지우느라
입 밖으로 한마디 말도 내뱉지 못했다.
손발이 오그라들수록
따뜻한 공기와의 접촉이 두려웠다.
죽도록 미워할 용기도 없으면서 무관심하기까지 했다.
급속 냉동된 상처와 슬픔으로 아파도

아픈 줄을 몰랐다.
한밤중 유령처럼 일어나
웅웅 우는 소리를 내는 냉장고의 문을 열면
연막 치듯 짙은 성에가 꼈다.

화분

그녀의 창가에는 작은
화분이 하나 놓여 있다.
화분 속에는 초록색 몸통에 빨간 머리의
접목 선인장이 하나 담겨져 있다.
낯선 몸과 낯선 머리가 만나
한 걸음도 옮길 수 없는
작고 좁은 어둠의 공간 속에
발 뿌리가 묻힌 채 선인장은 생각한다.

지구라는 커다란 화분 속에
담겨져 있는 그녀도 오늘은 선인장처럼
하루 종일
촘촘히 쇠창살 박힌 창밖을 내다보며 생각한다.

작은 물병을 든 그녀가
화분에 물을 준다.
화분에 주고 남은 몇 모금의 물로
목젖을 적시는 그녀.

또다시 비 한 방울 내리지 않는 건기처럼
갈증 끝에 창문을 열면
물기 한 점 묻어나지 않는 메마른 바람이
사막의 모래바람처럼 불어온다.

선인장과 함께
사막의 모래바람을 맞는 창가의 시간,
얼마나 많은 생각을 하고 또 했는지
오소소
온몸으로 솜털처럼 무수한 생각의 가시가 돋는다.

주문진

내 마음의 물결이 파도와 만나는
주문진 바닷가에 서면 어느새
중얼중얼 주문처럼 밀려왔다 밀려가는 파도소리 끝으로
물거품이 인다.

어시장 가득 비린내를 풀어놓으며
밀물처럼 밀려들었다 썰물처럼 빠져나가는 사람들
사이로 떼 지어 몰려다니는 바람이
툭, 어깨를 치며
방파제 끝으로 달아나고
갈매기 한 마리 하늘 높이 날아오른다.

설레는 마음처럼 밀려오는 파도와
한숨짓는 마음처럼 밀려가는 파도 사이에
방파제로 선 채
멀미하듯 하루 종일 일렁거리며 젖는다.

내 마음의 물결이 파도와 만나는

주문진 바닷가에 서면
뚝뚝 물비린내 나는 파도소리에 온통 젖어 있는
그대 그 마음을 만날 것 같다.

먼지

작아지고 작아져
더 이상 작아질 수 없을 때
나는 한 점 먼지가 되어 이 세상을 떠돈다.

아, 저기 저
무수한 무명과 익명의 먼지들 틈에 섞인 채
이 구석 저 구석으로 한없이 몰려다니다가
바람이 불면 부유하듯
높이 날아오르기도 한다.

먼지가 먼지를 안은 채, 먼지가 먼지를 업은 채
공기보다 더 가벼운 마음으로
공기보다 더 높이, 높이, 상층 기류를 타고 오른다.
조롱도 멸시도 닿지 않는 곳으로
점점이 흩어졌다 모이며
수세기를 흘러 다닌다.

먼지는 먼지라서 죽지 않고

먼지는 먼지라서 사라지지 않는 것처럼
작아지고 작아져 더 이상 작아질 수 없을 때
나는 한 점 미세한 먼지 입자가 되어 대기층을 떠다닌다.

장엄하고 아름다운
저 하늘의 노을도 알고 보면
대기층을 덮는 먼지 때문에 생긴다고 한다.

작은홍띠점박이푸른부전나비

어느 해질 무렵의 산책길에서 나는
우리나라 나비 중 가장 긴 이름을 가졌다는
작은홍띠점박이푸른부전나비를 만났다.
키 작은 꽃대 위에 앉아 있는 나비 앞에
나는 숨을 죽이며 두 무릎을 꺾으며
눈높이를 낮추었다.
나비의 날개 속에는 점과 선, 면들이
천만, 백만 분의 일로 축소해놓은 지도처럼
아주 정교하게 그려져 있었다.
어쩌면 그 누구도 모르는
보물섬으로 가는 비밀 지도인지도 몰랐다.
나비가 날개를 접었다 펼쳤다 할 적마다
나는 마치 꿈을 꾸듯 날갯짓을 하며
비밀 지도 끝의 한 점, 섬으로 가고 있었다.
그곳에서 나는 무거운 몸을 내려놓고
나비춤을 추며 나비의 꿈을 꾸었다.
한 마리 나비가 되어 양 날개 가득
아름다운 별자리들을 촘촘히 박아 넣고 있었다.

어느 사이 나비는 날아가고 나는
나비가 남기고 간 짧고도 긴 메시지를
내 마음의 호주머니 안쪽 깊숙이 접어 넣었다.

집으로 돌아오는 길
꽃그늘 아래 머무는 바람처럼 나직이
─네 이름을 불러본다.

작은홍띠점박이푸른부전나비!

호미

헛간 한 구석에
호미 한 자루 걸려 있다.
얼마나 거친 돌밭을 일구었는지
조막손이 되어
어둠의 난간에 간신히 매달려 있다.
어머니의 손때 반질반질한 호미 자루에 얼핏
지난 세월의 그림자가 어른거린다.
대장간 쇳물 냄새 한 점 묻어나지 않는
호미는 이제 더 이상
손에 쥐는 차가운 연장이 아니다.
어머니처럼
지문 다 닳은 거칠고 투박한 맨손이지만
땀과 눈물이 뼛속 깊이 스며든
따뜻한 손이다.
허름한 헛간 한 구석에 등허리 구부러진
호미가 걸려 있다.
살아생전 허리 한번 펴지 못한 어머니의 삶처럼 고단한
호미를 들고 텃밭으로 나간다.

손에 손을 꼭 잡은 듯
따뜻한 호미의 손길.
금낭화 한 폭
밭 한 귀퉁이에 서서
바람에 흔들리듯 손짓을 한다.

겨울 귀뚜라미

겨울밤 귀뚜라미가 운다.
딸깍, 점검에 빨간 불이 들어오는 순간
눈을 깜빡이며 서럽게 운다. 남자처럼
십 년 넘게 기름밥을 먹고 산 귀뚜라미 보일러
그도 이젠 많이 늙고 지쳐 보인다.
탕탕
낙엽 같은 손바닥으로 남자는
우는 귀뚜라미의 등짝을 때려본다.
우는 아이 달래듯 살살 달래도 본다.
몇 년 전
심장 이식 수술을 한 남자처럼
고장 난 심장을 송두리째 들어내야 했던 귀뚜라미 보일러,
그 무슨 울분처럼 울컥울컥 붉은 녹물을 토해낸다.
밤새 울다 지친 귀뚜라미 보일러, 끝내 실신을 하고.
낡고 오래된 뼈마디를 끌며 잠자리에 드는 남자,
꼬르륵 꼬르륵
뱃속의 춥고 배고픈 귀뚜라미가 운다.
냉골 같은 등골을 타고 살얼음이 끼는지

부르르 몸서리를 치는
귀뚜라미 한 마리,
두꺼운 솜이불을 뒤집어쓴 채 겨울이 깊어간다.
겨우내 녹슨 세월의 슬픔을 뼛속 깊이 닦아낼 때마다
조금씩 더듬이가 자란다.
더듬더듬
가늘고 긴 더듬이 끝으로 한 눈금씩
영하의 세상 밖을 더듬어본다.

공기방울집

수면 밖 공기방울을
방울방울 한 방울씩 따다가
수초 밑 공기방울집을 짓던
물거미 한 마리.

지금도 녀석의
물속 행방에 대해
행방 그 이후,
암중모색에 대해
만나는 사람들마다
모른다, 모른다,
한다.

제2부

눈물

또다시
네 몸속을 흐르던 물이
역류하듯 밖으로 흘러넘치는구나.
올 장마엔
어느 저수지에 가둔
슬픔의 둑이 무너져 내린 것이냐.

지렁이

벌겋게 달아오른 한여름 땡볕 아래
지렁이 한 마리 죽어 있다.
새카맣게 몰려드는 개미들의 조문 행렬이
몇 날 며칠 이어졌다.

사람이 손으로 만지는 순간
사람의 체온만으로도
화상을 입는다는 연체동물인 그.
피부 화상은 물론 내상까지 깊이 입은 것 같았다.

부드럽고 탄력 있는 유연한 생각처럼
온몸을 늘였다 줄였다 할 적마다
한 생(生)을 조율하듯
묵묵히 땅속 어둠을 일구던 그.

길고 지루한 장맛비 끝에
세상 모든 숨구멍이 막힌 땅속 어둠의 끝에서
화약을 짊어진 채

불속을 뛰어들듯 한여름 태양 속으로
죽음조차 불사한
주검이,

끊어진, 한 토막, 까만 고무줄처럼, 까맣게 잊힌 채,
버려져 있다,
왜곡되고
변질되어 비틀린 채.

염낭거미 가족

팔순 노모의 장례식 날
한줌의 재를 강물에 뿌리고
아들과 딸, 며느리와 사위가 한자리에 모여 앉았다.
팔순 노모의 임종을 홀로 지켜보며 금방이라도 무너질 듯
다 쓰러져가는 누추하고 초라한 시골집에
모처럼 사람의 온기가 뜨겁게 달아올랐다.
고른 치열처럼 빈자리 하나 없이 빙 둘러앉은 가운데
팔순 노모의 마지막 만찬이 놓여 있다.
푼푼이 푼돈을 모아놓은 낡은 통장과
꼬깃꼬깃 때 절은 쌈짓돈과 손바닥만 한 논밭과 부의금…….
팔순 노모의 피와 살, 눈물의 냄새가 묻어나는 그것들을
마치 기다렸다는 듯이 군침을 흘리며
일제히, 한꺼번에 달려들며 한입씩 물어뜯는다.
당연하다는 듯 아무런 죄책감 없이
백 원짜리 동전 한 닢 흘리지 않고 깨끗이 먹어치운다.
각자 자기 몫을 알뜰히 챙겨먹고 서둘러
각자의 길로 뒤도 한번 돌아보지 않고 뿔뿔이 흩어져 간다,
이제 더 이상 서로가 서로를 물고 뜯을 일조차 없다는 듯이.

>

웃자란 풀들이 턱밑까지 치고 오르는
오래된 폐가 한 채
풀썩, 무너져 내린다.
풀숲 가득 풀벌레 울음소리 밤새 그칠 줄 모른다.

바랭이*

또다시 악몽을 꾸는 건 아닐까.
한여름 무더위 속에 나는 깜빡 잠이 들었다.
내가 깔고 누운 한 뼘 그늘이
기운 자투리땅처럼 남루했다.
뽑다 만 바랭이가
낮잠 속으로 손을 뻗어왔다.
나는 식은땀을 흘리며 불길한 꿈을 꾸었다.
머리끄덩이를 잡힌 채 나는
낮잠 밖으로 끌려나왔다.
땡볕에 끌려나온 내가
바랭이를 두 손으로 움켜잡았다.
쓸모없는 생각처럼 웃자란 머리채를 휘어잡은 채
밭고랑을 나뒹굴었다.
한여름 무더위만큼이나 길고 지루한 싸움, 이것은 어쩌면
흙바닥을 뒹굴면서도
그래, 어디, 끝까지, 갈, 데까지, 가, 보자는, 마지막,
몸부림인지도 모른다.
이제 더 이상 잃을 것도 얻을 것도 없는 자들의

울분처럼 한 움큼씩 머리카락이 뽑혔다.
잠 밖으로 끌려나온 악몽은
아직 끝나지 않았다.

---

*바랭이 : 볏과의 한해살이풀.

절벽 위에 핀 꽃은

절벽 위에 핀 꽃은 흔들리는 것이 아니라
흐느끼는 것이다.

그 누군가를 사랑할 때
그 사랑이 더없이 위태로운 사랑일 때
죽음의 골짜기 끝에 다다른 마음이
절벽 위에 꽃을 피운다.

이승 밖으로 한 발을 내딛은 채
아차, 하는 순간
아무런 미련도 없이 떨어져 내릴 듯
꽃은 피어 있다.

핏방울 맺힌 입술을 깨물며
뜨거운 비명을 삼키는 꽃잎은
더없이 붉고 아련하다.

절벽처럼 위태로운 꽃

망설이던 바람이 한 걸음 뒤로 물러서며
어깨 위에 얹은 손을 슬그머니 내려놓는 순간,

까마득한 벼랑을 배경으로
한 줌 바람의 무게에도 온몸으로 흔들리는 꽃이 더없이
아름다워 보이는
착각과 착시의 시간 속으로

툭툭 끊어지는 실뿌리의 비명이
바위 틈 어둠이 되어 박힌 채
천 년의 세월이 흐른다.
이끼가 낀다.

개미들의 세계에서는

산 개미가
죽은 개미를
끌고 가고 있었다.

먹잇감으로 끌고 가는 것인지
시신으로 끌고 가는 것인지
알 수 없었다.

가만히
생각해보니
개미들의 세계에서는
제 동족을,
제 동료를,
제 이웃을,
제 가족을,
잡아먹는다거나
잡아먹었다는
이야기를 들어본 적도

읽어본 적도
없다.

바랭이의 생존 전략

한 차례 비바람이 쓸고 간 공터,
'바랭이'라는 이름의 한해살이풀 바랭이가 끙,
꺾인 마디를 일으켜 세운다.
한 줌 햇살이 닿는 곳이면 그곳이 어디든
고향이 되고, 집이 되고, 길이 되고, 일터가 된다.

변두리에서 변두리로 또다시 자리를 옮기던 날
'억척'이라는 이름의 부부, 김 씨 부부가
포장마차 밑 낡고 해진 그림자를 끌면서 밀면서
발길이 닿는 곳이면 그곳이 어디든
삶의 마디를 늘리며 간다.

굴곡진 삶의 마디가 한번 꺾일 때마다
꺾인 그 마디, 그 지점을 기점 삼아 뿌리를 내린다.
끊어질 듯 이어지는 질긴 뿌리의 내력을 짚으며
길게 뻗어나가는 삶의 한 줄기.

바닥, 그마저 여의치 않으면

쓰러진 뼈마디를 곧추세우며 비좁은 허공의 길을 뚫고 오른다.
모진 비바람이 할퀴고 간 상처가 크고 깊을수록
굵은 삶의 마디들.
오늘도 마디마디 마디진 날들의 상처를 감싸며
깨진 보도블록 틈 사이로 단단한 뿌리를 내리는 김 씨 부부의
가난한 어깨 위로 한 줌 햇살이 빛난다.

허리 굽은 노인

사람이 도달할 수 있는
가장 진화하고 발전된
모습 같다.
새로운 인종(人種)으로 가는
길에 들어선 것인지도
모른다.

허리가 점점 가파르게 굽으면서
봉우리가 솟은
산을 닮아간다.
머리가 땅에 닿을 듯
산은 깊은 계곡을 품는다.
깊은 계곡의 어둠, 그 속에 숨은 삶의 비애가
고양이 가래 끓는 소리를 내며
가르릉거린다.

하늘을 우러러보며 우러러왔듯이
땅바닥을 향해 경배를 올리듯 한없이 고개를 수그리며

더욱더 낮아져 간다.
등짐을 지던 시절처럼
한 짐 한 짐 져 내리는
산그늘이
짙다.

노을을 지피듯

하늘 저 멀리 노을을 지피듯
늙은 도공이 도자기 가마에 불을 지핀다.
한줌 불쏘시개가 되어
가마 속 가득 쌓인 어둠의 세월을 태운다.

"도자기의 성패는 불과의 싸움에 있다!"
스승의 가르침이 멀기만 한
젊은 제자는
제 가슴의 불조차 다스릴 길이 없는지
벌써 몇 달째 돌아오지 않고 있다.

비루먹은 개처럼 시름시름 어둠이 내리고
점점이 어둠을 적시며 빗방울이 떨어진다.
가마 옆 한 점 혈육처럼
늙고 병든 수캐 한 마리
한 덩이 어둠처럼, 그리움처럼, 꼼짝없이 엎드려 있다.

섭씨 천이백 도가 넘는 불길 속에서도 살아남은 도자기처럼

뼈와 살을 녹이며 삶의 온갖
열기와 화기를 집어삼킨 늙은 도공도
세상에 단 한 점밖에 없는
천하제일 명품 자기가 되어가고 있다.

민들레

콘크리트 벽돌담 밑에
쪼그리고 앉은 봄이
무언가를 열심히 하고 있었다.

밤새 비에 젖은 등줄기에서
모락모락 김이 나듯 아지랑이를 피워 올리며 봄은
금이 간 콘크리트 바닥
사이에 낀 채 녹이 슨
어둠의 나사를 풀고 있었다.

금이 간 틈 사이로
눈금을 지우듯 조금씩 풀려나오는 어둠의 나선을 따라
가슴을 옥죄며 날카롭게 파고들던 통증이 헐거워지는지
겨우내 녹슨 어둠의 녹물을
왈칵 토해내는
민들레,

어질어질 어지럼증을 일으키는 잿빛 하늘이

어둠보다 낯선 민들레,
낮빛 가득
납빛이 묻어난다.

딸기 생크림 케이크 한 조각

설산처럼 하얀 생크림 위에
얹은 딸기 하나,
촛불을 켠 듯 밝고
따뜻해.

조심조심
만년설에 덮인
봉우리 한입
혀끝에 닿는 순간,
녹아내리는 아르바이트 청춘의 고달픈
하루…….

아, 한순간의
달콤한 망각을 위해
라면으로 한 끼
대충 때우고 넘어가는 청춘보다
비싼 오늘의 디저트,
딸기 생크림 케이크

한 조각.

어느새
남겨진 청춘의 빈 접시 위엔
마치 그 누군가
설산을 옮겨놓은 듯
높고 큰, 공포의
흰 그림자.

거미줄

늦잠에서 깨어나 길게 하품을 하면
입안 가득 거미줄이 엉켜 있다.
매일 아침 나는 거울 앞에 서서
악몽처럼 끈적끈적한 거미줄을 떼어낸다.
어제는 밀린 월세를 독촉하던 집주인이
가스를 끊고 갔다.
가스도 끊기고, 전기도 끊기고,
가는 혈관처럼 수도파이프를 따라
명줄을 잇던 물길마저 끊기리.
실직 삼 년 만에 텅 비어버린 통장.
통장을 빠져나간 숫자처럼
마음 다 빠져나간 몸통으로 저녁이면
땅거미 지듯 스멀스멀 거미가 스며든다.
오랜 잠에서 깨어난 듯
너를 만나 입을 열면
입안 가득 말들이 거미줄처럼 엉켰다.
엉킨 말들을 푸느라
더듬으면 더듬을수록

앞뒤 없는 말들이,

말이 되지 않는 말들이,

말이 되지 않는 세상과 함께 점점 더 뒤엉켰다.

거미

허공의 집에 매달린 너보다
내가 더 위태로워 보이고
촘촘히 엮은 거미줄보다
내 길이 더 좁고 가늘어 보인다.

실업급여를 신청하러 고용보험센터로 발걸음을 옮긴다.
실직과 구직 사이를 오가는 사이, 발바닥의 잔금처럼
깊은 뿌리를 내리지 못한 젊음이
한낮의 눈부신 햇살 아래 잘못 나온 나방처럼
그늘진 한쪽 구석으로 몸을 움츠린다.

허기진 뱃속을 어둠으로 가득 채우고도 거미는 꽁무니로
흰 빛의 거미줄을 뽑아낸다.
캄캄한 어둠 속에서도 한 줄기 빛을 꿈꾸기 때문일 것이다.
배회하는 늑대거미처럼 혼자 집 밖을 떠돌아다닌 적이 있다.
거미줄처럼 끈끈한 유대감을 잃은 채 나는
그 누구와 촘촘히 엮여야 하나.
성긴 날들 사이로 깜빡, 끼니를 놓치고 약속을 놓치고

집으로 가는 길을 놓치기도 한다.

낡은 집을 버리고
낡은 집보다 더 낡고 허름한 허공을 버리고
거미가 거미의 집을 짓는다.
바람이 분다. 허공에 던져진 몸이 출렁,
그물의 섬을 타고 앉아 나를 기다리고 있다,
한 덩이 싱싱하고 달콤한 어둠을 기다리고 있다.

자전거

밤늦게 일을 마치고 집으로 돌아가는 길
낡은 자전거가 지친 몸을 태운다.
끙—, 낡은 신음소리가 어둠의 바퀴에 감기고 사내는
천천히 페달을 밟는다.
슬슬 두 눈이 감기듯 가늘고 흐린 불빛이 흘러나오는
그의 집에선 만삭의 아내가
만삭의 배를 안고 뜨개질을 한다.
이따금 엄마의 뱃속에서 발을 차며 노는 태아,
머지않아 실타래 같은 탯줄을 풀며 세상 밖
첫 울음을 터뜨릴 것이다.
늦은 밤, 낡은 몸과 지친 몸이 한 몸이 되어
퇴근을 하고 있다.
그는 자전거의 하나뿐인 머리가 되고
자전거는 그의 바퀴 달린 두 다리가 되어
출근길 서둘러 풀어놓은 길들을 곰곰이 되감아 오는 길.
올 풀린 바람이 한 올, 자전거 꽁무니에 매달린 채
길게 따라오기도 한다.
깜빡, 졸음 속으로 빠뜨린 코를 다시 풀어 뜨며

여자는 남자의 무사한 귀가를 한 코 한 코 당겨본다.
그 누가 또 한눈을 팔며
캄캄한 어둠의 코를 한 코 빠뜨린 걸까.
하늘엔 대낮보다 환한 구멍이 하나, 뻥! 뚫린 채
폭죽 같은 달빛을 밤새 쏟아낸다.

새싹

노부부가 맞잡은 손이 누르스름하니
쌍떡잎식물 같다.
누르스름한 떡잎 사이로
날름 혀를 내미는 새싹.
떡잎 속 양분,
그것이 노부부의 애간장을 녹여 만든 것인지도 모른 채
새싹은 마지막 한 방울까지
남김없이 빨아먹는다.
골수까지 다 파먹은 듯
새싹의 몸에
파릇파릇 실핏줄이 돋고 싱싱해질수록
쪼글쪼글 황달이 들며 사그라지는 떡잎.
두 장의 떡잎이 받쳐 들고 있는 모습의 새싹처럼
우리도 세상 밖을 향해
철없는 얼굴을 내밀었다.

제3부

허무주의자

너를 잃은 것뿐인데
너를 잃고 나를 잃은 것뿐인데
언제부터인가, 가슴을 치면
텅, 텅, 텅……
텅, 텅, 텅……
텅 빈 가슴 위로

텅 빈 달이 떠오른다.

마늘

마늘을 깐다.
쪽수만 많은 마늘처럼 보잘것없는 날들의
껍질을 벗겨낸다.
이제 더 이상 쪼갤 것도 없는 살림살이들을
하나하나 벗겨내다 보면
단단한 세월의 껍질 속에 숨어 있던
얇고 투명한 눈물의 막이 벗겨진다.
망막을 자극하며
혀끝을 도려내는 맵고 아린 날들의 기억 끝으로
죽죽 벽을 타고 흘러내리는 빗물이
얼룩무늬 벽지를 적신다.

함지박 가득 마늘을 깐다.
쪽방촌 쪽방으로 나앉은 가난의 껍질이
쪽방 가득 쌓인다.
쪼개면 쪼갤수록 늘어만 가는 근심, 걱정처럼
얼얼한 손끝마다 지독한
슬픔의 냄새가 묻어나고.

끈질기게 따라붙는 슬픈
냄새의 끝으로 한없이 달아날 적마다
작고 야무진 그녀의 손끝에서
풀죽은 삶의 껍질을 벗고 다시 태어나는
마늘쪽 같은 사내.

먹구름 속 천둥, 번개가 치는 하늘도 오늘은 두 쪽이 났는지
겹겹 구름의 껍질을 벗으며
하루 종일 눈물을 쏟는다.

기침

바람이 불고 낙엽이 지는 것뿐인데
그가 기침을 한다.

몸속 그 어딘가의 틈으로부터 나오는 기침소리
끝으로 습한 바람의 냄새가 묻어난다.

안으로 들어갈수록 점점 넓어지는 내부처럼
마음의 습지 가득 바람이 불고.

심장박동 소리를 따라 혈관을 적시며
자가 분열하듯 뻗어나간 슬픔의 뿌리들.

몸 안팎으로 바람이 부는 것뿐인데
그가 기침을 한다.

촘촘히 간격을 좁히는 갈대숲처럼 빽빽한
슬픔의 군락지.

>

빽빽한 슬픔 사이로 낱장처럼 얇게
저며져 나오는 바람의 육질,

한 점, 슬픈 뒷맛처럼 입안 가득 씹히는 것뿐인데
그가 기침을 한다.

그의 어깨 위로 마른 잎 한 장
가만히 손을 얹는다.

나무의 생계

인부들이 가로수 가지들을
전기톱으로 잘랐다.

팔다리를 자르고
목을 쳤다.

푸른 하늘, 푸른 물결 속으로
그물을 펼쳐놓은 채
가지마다 매듭을 손질하던
나무,
굵은 몸통만 남은 토르소*가
되었다.

어둠에 발을 들여놓은 이후
어둠 구석구석마다 집요하게 파고들며
뿔뿔이 흩어져나가던 뿌리들.
부르튼 발바닥을 끌며 먼 길을 돌아와
들썩들썩 밑동을 들어 올려 보지만

붉은 반점 같은 이파리 몇 피어낼 뿐,

물오른 가지마다 싱싱한 팔다리를 적시며
첨벙, 첨벙, 첨벙,
그물을 던지던 나무의
생계가 막막하다.

---

*토르소 : 머리와 팔다리가 없는 몸통만으로 된 조각상.

겨울 빨래

바지랑대 높은 빨랫줄에
나는 걸려 있다.
어깨를 축 늘어뜨린 채
집게발 같은 빨래집게에 물려 있다.

한겨울 영하의 추위에 나는
얼면서 녹으면서 말라가고 있다.

해진 소매 끝으로
톡,
톡,
톡,
물방울을 떨어뜨리며 어디론가 끊임없이
타전을 보내기도 하고

목을 겨누듯
서슬 푸른
고드름을 매달기도 한다.

칼자루만 남은 칼처럼 짧은 소매 끝으로
마지막 물방울이 한 방울
톡,
떨어져 내리는 순간
보내는 마지막
눈물의 타전.

마치 오랜 세월 동안 그랬던 것처럼
물과 얼음 사이를 눈물로 오가며
나는 말라간다,
진화한다.

독서 일기

그는 도서관 열람실 한 구석에 앉아
젊어서 죽은 시인의 유고 시집을 읽는다.
벼랑 끝까지 내몰린 그의 젊음이
어지럼증을 일으키며 아뜩해진다.
책 속으로 걸어 들어간 그의 마음이
문자와 몸을 바꾼다.
그는 문자와 한 몸이 된다.
그는 문장의 속도를 따라 한 걸음,
한 걸음 보폭을 좁혀간다.
오를수록 가파른 문장의 끝에서 그는
가쁜 숨을 몰아쉰다.
맥박이 뛴다.
맥을 짚으면 맥박과 맥박 사이
굵은 문맥이 잡힌다.
문맥을 따라 굴곡진 삶의 안쪽을 더듬는다.
뭉클, 막힌 문장처럼 손목을 긋던 날의
매듭이 짚인다.
그는 단단한 매듭의 상처를 조용히

어루만진다.
오랫동안 막혔던 문장이 풀리고
막막한 날들의 가슴에 숨통이 트인다.
오늘도 그는 도서관 열람실 한 구석에 앉아
천천히 책 속으로 발걸음을 옮긴다.

아르바이트

오늘은 도축장에 가서 일당을 받고 닭 손질을 하였다.
애벌레가 허물을 벗어놓은 듯 허름한 비닐하우스
속에서 시퍼런 칼날을 들어 닭 모가지를 치고
배를 갈라 내장을 꺼냈다.
한여름 무더위 속에서 낡은 선풍기가
고개를 돌릴 적마다 닭 모가지 비트는 소리를 내며
한숨을 내쉬었다.
푹푹 찌는 무더위와 한숨 속에서
옆으로 기우뚱 관절마디를 꺾으며
비닐하우스 철근이 붉은 녹물을 흘리며 녹아내렸다.
사형 집행하듯 죄 없는 닭 모가지를 내리칠 적마다
눈을 뜨고 죽은 닭, 대가리들이
툭, 툭, 발밑에 떨어졌다.
어느새 닭, 대가리들이 무덤의 봉분처럼 쌓였다.
비닐하우스가 다시 한 번 허물을 벗고 날아오르려는지
부르르 몸부림을 치고
땅거미가 지도록 닭 모가지를 끊고 배를 가르며
내장 가득 핏빛 노을이 되어 고인

닭 울음소리를 긁어낸다.
마지막 남은 닭 모가지를 내리찍는 순간
눈을 반쯤 뜨고 죽은 닭이
반쪽짜리의 삶을 지그시 바라본다.

똑순이

'똑순이'라는 이름의 개가 있다.
나이는 두 눈이 짓무를 만큼 먹었고
낯선 사람을 보면 목이 쉬도록 짖을 만큼 짖어도 봤다.
모처럼 밖에 나갔다가 친구네 집에서
하룻밤 자고
새벽같이 돌아왔다.
"똑순아, 안녕! 밤새 잘 잤니?"
반가운 마음에 인사를 건네자
똑순이가 자기 집 앞에 오도카니 나와 앉은 채
앉은 자세 그대로
바닥에 대고
꼬리를 친다, 탁, 탁, 탁, 탁……
'어쭈, 얘 좀 봐라.'
일어나 네 발로 서서
깃발처럼 꼬리를 세워 흔들지 않는다.
저도 오늘은 형식처럼
형식이 앞선
형식적인 인사법을 벗어버렸다는 듯이,

형식보단 내용이 더
중요하지 아니하냐는
듯이,

고백

집과 도서관 사이 스물일곱 번째 가로등 옆에는
은행나무 가로수가 박힌 듯 서 있었다.

당신을 처음 만난 날도 당신은
그 나무 아래서 버스를 기다리고 있었다.

당신이 처음 사랑을 고백한 것도
그 나무 아래서이다.

당신의 그 고백의 그림자처럼 길게
줄지어 서 있던 가로수들, 가로등들…….

그 황금빛 고백으로 물들어 가던 거리로
가을이 가고, 겨울 찬바람이 불어오고…….

고백의 말들, 한 잎 두 잎 떨어지고…….
변경된 노선과 함께 당신은 떠나가고…….

사랑한다, 사랑한다, 사랑한다고 말하던
황금빛 고백의 열매마다 악취를 풍기며
발밑에 으깨어지고.
질긴 고백의 뿌리가 송두리째 뽑힌다.

집과 도서관 사이 스물일곱 번째 가로등 옆에는
잎들 다 떨어내버린 은행나무 가로수가
거꾸로 물구나무선 채
진눈깨비를 맞고 있다.

잠자리가 말없이 나를 불러 세우다

가을, 외진 산길에서 만난
잠자리 한 마리.
참한 참취꽃 위에 앉은 채
데굴데굴 눈알을 굴리며
지나가는 나를 의심하는 눈치다.

옆으로 슬쩍 곁눈질하는 나를 향해
야무지게 여문 눈알을 염주 알처럼 굴리며
죄 많은 이 한 목숨을 말없이 불러
세우는 것이다.

마침내
매서운 눈초리가
매서운 회초리가 되어
무섭게 매질을 하는 것이다.

의심받을 짓을 한
죄, 죄다

회초리 끝에 묻어나는
것이다.

소리산*

소리산에 가면
입안 가득 맴돌던 이름 하나
소리쳐 불러볼 수 있는 걸까.

소리산에 가서
소리들이 전하는 말을 듣는다.
깊은 계곡 사이로 흐르는 물처럼
네가 나에게 전하고 싶은
마음의 소리에 귀를 기울인다.

바람이 불면
소리산이 온통
소리가 소리를 소리쳐 부르듯 술렁거리며
파도가 인다.
거친 파도 소리처럼
소리가 소리의 등짝을 후려치며
바위 벼랑 위를 치솟아 오르는 순간
터질 듯 벅차오르던 이름 하나

포말을 일으키며 하얗게 부서져
내린다.

소리들 다시
깊은 계곡의 그늘로 짙어지면
네게 전하고 싶은 말 한 마디
계곡 물 위에 띄워 보낸다.
언제부터인가 내 가슴속에는
소리소리 소리쳐 불러도 좋을 이름 하나
소리산처럼 쌓여 있다.

---

*소리산 : 경기도 양평군 단월면에 있는 산.

그대 생각

이 밤,
그대를 생각합니다.

내 몸으로 짠, 내 몸에 꼭 맞는 관 속에 누워
그대를 생각합니다.

일 분이 일 년처럼 흘러가고
일 분을 일 년처럼 나는 늙어갑니다.

어둠의 뿌리들이 혈관을 따라 온몸을 칭칭 감고
들끓던 마음처럼 내장 가득 오글거리며 끓어오르는 벌레
들…….

어둠을 베고 누워서도
그대를 생각하느라
머리가 하얗게 셉니다.
검은 머리카락 한 올 남아 있지 않습니다.

어느덧 살점 한 점 남김없이
뼈마디가 드러나고 해골이 되어 누웠습니다.

죽어서도 썩지 못하는 그대 생각,
치열처럼 가지런히 드러낸 채
우는 듯 웃고 있습니다.

그 어느 날, 눈부신 햇살 아래
무덤이 파헤쳐지고
관 뚜껑이 열리는 순간
머리를 풀어헤친 채 하얗게 웃는 듯 울고 있을 나의 해골,

죽어서도 그대 생각에
울다가 웃다가, 웃다가 울다가,
아무래도 내가
어떻게 됐나 봅니다.

손목

여행지에서였다.
자작나무숲길을 걷고 있었다.
얼마쯤 걸었을까.
가슴속에서도
하얀 바람이 불었다.
그리고……
그가 손목을 잡았다.

손도 아닌
손목을 잡힌 채
손은 민낯처럼 민망했다.
단지 호감 때문이었을까.
손목에서 멈춘 손길 때문에
미소를 띠어야 할지 말아야 할지 모른 채
애매한 표정을 지으며
걸었다.

손목에서 손, 그

가까운 듯 먼 거리에
사랑으로 가는 길목,
손목이 있었다.
그 누군가는
기립한 자작나무숲 사이로
기립 박수를 받으며
눈 속 찔레 열매처럼 귀엽고 사랑스러운
신부가 되리라.

고요 속의 폭풍처럼

이 봄, 그는 한 그루
목련나무이다.
길 건너 저쪽
그가 미소 지을 때

꽃은 피어나리라.

꽃은 피어
세상의 모든 어둠의 끝에서
환하게 떠오르리라.

단 한 걸음도
옮겨 딛을 수 없는 뿌리처럼
이쪽에서 저쪽으로
저쪽에서 이쪽으로
건널 수 없는 거리만큼이나 아련한 그
빛.
뜨거움에서 뜨거움으로

붉게 물들며
가슴속 깊이
가닿을 수 없는 그 흰,
빛.

그가 더 이상 미소 짓지 않을 때
나는 지리라.
고요 속의 폭풍처럼
내 마음의 꽃잎 흩날리며 스러지리라.
세상의 모든 빛을 잃으며
바람의 갈피마다 무수히
자멸하리라.

프로권투와 시(詩)

어깨에 힘 빼고
마음을 비워야 한다.
경기 시작 전
운동화 끈을 단단히 조여 매듯
처음부터 끝까지 긴장을 풀지 말아야 한다.
왼쪽 오른쪽, 오른쪽 왼쪽,
적당히 치고 빠질 줄 알아야 한다.
코피가 터지고 머리가 깨져도
무릎을 꿇지 말아야 한다.
한 방 한 방
급소를 찌르듯 정확하고
명확한 펀치를 날려야 한다.
언젠가 한번은
바위보다 더 무겁고
번개보다 더 빠르고
핵폭탄보다 더 무서운 펀치를 날려야 한다.
작은 두 주먹에 목숨을 건
혈전을 벌여야 한다.

제4부

자화상(自畵像)

물이 간 생선처럼
아무리 흥정을 해도
남는 것이 없다.

봄은 이미 오래전에
물 건너간 것이다.

…….

그리고
어느새
파장(罷場)의 시간
떨이를 외쳐야 한다.

돈과 마음, 그리고⋯⋯

"어머님, 아버님, 다만 얼마라도
용돈을 드리고 싶지만
세상에 하나밖에 없는 딸내미
남들한테 뒤지지 않게
명품 옷이랑, 명품 가방도 사줘야 하다 보니
지금은 그럴 돈이 없어서⋯⋯."
라는 말이

"어머님, 아버님, 다만 얼마라도
마음을 드리고 싶지만
세상에 하나밖에 없는 딸내미
남들한테 뒤지지 않게
명품 옷이랑, 명품 가방도 사줘야 하다 보니
지금은 그럴 마음이 없어서⋯⋯."
라는 말로

들리는 이유는 뭘까?
—내 귓속에 잔뜩 낀 귀지 때문일까?

이도 저도 아니면

—내 마음의 필터에 덕지덕지 붙어 있는 찌꺼기 때문일까?

—차라리, 사람이 명품이 될 순 없는 걸까?

입사지원서

저지대 반 지하 셋방에서
밤새 곰팡이 썩는 냄새와 씨름을 하며
입사지원서를 쓴다.
이번이 백 번째이다.
이번이 정말 마지막이길
여름내 피를 빨던 모기에게라도 빌어보고 싶어진다.
보이지 않는 곳에서
하루 한번
소리 없이 무너져 내릴 적마다
눈금 재듯 조금씩 낮아지던 눈높이가
이제 더 이상 내려갈 바닥조차 보이질 않는다.
바닥을 치고 오르기엔 날개가 없고
날개를 달기엔 끈이 너무 짧다.
낮은 창가에 앉아 밤하늘을 본다.
어둠 저 멀리
그 누군가 쓰다 만 주소와 이름처럼
신원을 알 수 없는 별이 몇 개 보인다.
빽빽한 칠판의 낙서를 지우며

분필가루 날리듯 툭툭 달빛을 털어내며
달도 기우는 밤.
곰팡이 썩는 냄새와 막판 뒤집기 한판을 벌이며
막판보다
더 막판 같은 백 번째, 입사지원서를 쓴다.

어머니가 김장을 담그신다

어머니가 김장을 담그신다.
장날 오후 마지막 떨이처럼
헐값에 팔려나가는 나의 꿈들을 한 포기, 한 포기,
정성껏 다듬으신다.
밑동 썩은 꼬랑이를 잘라내고
누렇게 뜬 얼굴처럼 시든 떡잎을 떼어내고
볼품없이 싱겁기만 한 몸통을 반으로 가른 다음
속속들이 굵은 소금을 뿌리신다.
뼛속까지 얼얼한 기억 사이로
빳빳한 성깔을 누그러뜨리신다.
성깔도 고집도 한풀 꺾인 채
나긋나긋 얌전하게 길들 즈음
마음 한 구석에 남아 있는 찌꺼기들을
헹구어내고 또 헹구어내신다.
흰 빨래처럼 물기 빼고 다소곳해진 사이
오감(五感)으로 버무린 양념을
온몸 구석구석 골고루 펴 바르신다.
머리끝에서 발끝까지

진한 양념보다 더 진한 눈물의 세월로 마무리한 채
항아리 속 깊이 꼭꼭 눌러 담으신다.
한겨울 영하의 추위 속에
싱싱한 어둠이 되어 익을 때까지
항아리 뚜껑을 닫고, 하늘을 닫고, 눈·코·입·귀를 닫는
―어머니,

명치끝을 찌르며 목젖까지 차오르는 슬픔을
지그시 누르신다.

후박나무

칠월, 장마와 함께
순간 최대 풍속
초속 이십 미터가 넘는
거센 비바람이 분다.
수십, 수백, 수천의 후박나무 잎들이
일제히 아우성치듯 흔들리며
거친 파도가 인다.
집채만 한 파도가 한번 솟구쳐
올랐다, 곤두박질칠 때마다
잎마다 층층이 쌓아올린 후박나무의 꿈이
물거품처럼 하얗게 부서져 내린다.
후박나무 곁에 뿌리를 내린
내 마음도 어느새
땅속 어둠을 움켜쥔 채
몸서리친다.

우울한 건달처럼

우울한 건달처럼 건들건들
건들바람 속을 걷는다.

건들건들 흔들리는
팔다리 끝으로
손가락, 발가락처럼 갈라져
나오는 이파리들…….

언제나 나보다 한발 앞선 채
가고 있는
나무처럼 건들건들
팔다리를 흔들며
무성하게 나부끼며

둥둥 떠오르는
허공의 길을 따라 건들건들
건들바람을 일으키며
건들바람을 몰고 다닌다.

딱새

가슴이 저녁 노을빛으로 물든 딱새 한 마리
앙상한 감나무 가지 끝에
날아와 앉는다.

까치밥 사이에 앉아
꿀꺽, 넘어가는 해를
삼키며

딱새가 운다.
타종처럼 단단한 벽을 치고 돌아와
가슴속 깊이 퍼져나가는 딱새 울음소리 끝으로
끊어질 듯 끊어질 듯 가늘게 이어지는 시간 사이로
어둠이 내린다.

바람이 불면
스파크가 일듯 마찰을 일으키며
감꼭지 스위치에 불이 들어왔다 나갔다 할 적마다
꺼질 듯 가물거리는

나뭇가지 끝에 앉아
슬피 우는,

딱새
한
마리.

캔

그 누군가 서슴없이 내 목젖을 딴다.
—딱!
그러나 그 누가 이 짧고 강렬한 소리를
나만의 비명소리라고 생각하겠는가.

사내는 천천히 내 고통의 즙으로
목젖을 적시며
마지막 한 방울까지 남김없이
갈증을 씻어 내린다.

그 고통의 즙이, 그 달콤한 맛이
내 안에서 얼마나 오랜 세월 동안
포도주처럼 익어갔는지
사내는 알지 못한다.

찌그러진 채 울상인 내 얼굴을
쓰레기통 속에 던져버린 그 이후로도
오랫동안 사내는 내가 그

누구인지조차 기억하지 못할 것이다.
―캔은 캔일 뿐이라는 듯.

사방-연속-꽃무늬-벽지처럼

덕지덕지 낡은 세월을 껴입은 여자.
늘, 그날이 그날인 여자.
아무것도 아닌 여자.
부담 없는 여자.
바보 같은 여자.

그러나 막상, 오래된 벽지처럼 한 꺼풀
쫙, 벗겨내 보면
백팔십도 다른 여자.
벽지 속의 벽처럼
가슴속 깊이 금이 간 여자.
습기 찬 여자.
곰팡이꽃 핀 여자.
눈물로 얼룩무늬 도배를 한 여자.
상처 입은 벽돌 위에
상처 입은 벽돌로
날마다 하나씩 일생의 집을 쌓아올린 여자.

언제-어디든-언제-어디로든
삶의-무늬를-사방-연속-꽃무늬-벽지처럼
꼭꼭-이어-붙여-나가는
―여자.

아흐레 민박

강원도
깊은 산골
두 노인네만 사는
외딴집.

마지막
궁지에 몰린 듯
남몰래
숨어든 마음이

아궁이
하나 가득
장작불을
지핀 채

아득히
피어오르는 연기처럼
굴뚝을

빠져나가고…….

밤새
나를 품은 하늘이
어둠의 등을
쓸어내릴 적마다

가슴을
쥐어뜯던 날들이
밤하늘
눈발이 되어

흩날린다.

고추잠자리

하늘 저 멀리
긴급 출동, 소방 헬기처럼
잠자리 편대가 까맣게 뜨곤 하는
어느 늦가을.

머리에 유황을 뒤집어쓴 성냥개비같이
작은 고추잠자리 한 마리
나뭇가지 끝에 앉아 있다.

하늘 한 자락을 입에 문 채
가슴에 불을 지르는지
고추잠자리 양 날개 끝으로
노을이 진다.

노을을 가볍게 들어 올렸다 내려놓으며
이 가지 끝에서 저 가지 끝으로
자리를 옮겨 앉을 적마다

한 점 불꽃이 되어
가을 단풍나무숲을 온통 다 태워버릴 듯
확,
확,
성냥불을 긋는다.

칼국수

어느 허름한 시장의 뒷골목
낡은 간판만큼이나
오래된 칼국숫집.

실연당한 친구와 함께
칼국수를 먹는다.

식어가는 국물처럼 둘
사이를 흐르는 침묵이 무겁고
긴 그림자를 드리울 무렵

이미 엎질러진 바닥의
붉은 국물자국 위로
지는 노을처럼 자꾸만 엎질러지는

허름한 저녁의 한 귀퉁이

칼날처럼 날카롭게 가슴이 베인

친구와 함께
칼…국…수를 먹는다.

거리의 이름

낙하지점에 그 무슨 착오라도 있었던 것일까?
언제부터인가 민들레 홀씨처럼
불모의 땅에 불시착한 그를 사람들은
노숙자라고 불렀다.

거리에서 붙여지고 거리에서 불려지는
거리의 이름, 노숙자
언제 그의 성이 노 씨가 되고
숙자라는 이름을 가지게 되었는지는 나도 모른다.

처음부터 그랬던 것처럼
빼앗을 것도 빼앗길 것도 없는
그는 분초를 다퉈가며 시간과 싸우지 않는다.
그 누군가 먹다 버린 빵조각을 놓고
아귀처럼 아귀다툼을 벌이지도 않는다.

어둠의 한 귀퉁이를 둘둘 말면서
겹겹 뒤집어쓴 어둠의 껍질이 두꺼워지면서

한 알 작은 씨앗처럼 잠들면 그뿐.
씨앗 속 작은 씨눈 하나
깊은 잠 속에 묻은 채 겨울을 나면 또 그뿐인

그가, 오늘은
갈라진 콘크리트 바닥을 뚫고 일어난 민들레처럼
겨우내 걸어 잠근 문을 열지도 모른다.
덕지덕지 더께가 되어 붙은 거리의 이름을 벗고
다시 태어날지도 모른다.

신윤복의 〈미인도〉*를 보다가

요즈음 미인은 눈·코·입도 눈·코·입이지만
얼굴이 시디(CD) 한 장만큼 작아야
정말 미인이라는데

얼굴에서 눈·코·입을 빼고 난 나머지—
얼굴의 여백이 적으면 적을수록, 좁으면 좁을수록
진정한 미인이라는데

눈·코·입을 손보고
턱을 깎고
광대뼈를 다듬고

여백의 미를 최대한 죽이는 것이
최대 미인의 조건이라는데

그림에서 여백의 미가
그림의 절반, 그 이상의 의미를 가지기도 하는
동양화에서—

여백의 미를 빼고 나면
무엇이 남는 것인지,

여백의 미처럼 아름다운
마음의 여유마저 잃고 나면
그 무엇으로 살아야 하는 것인지,

마음의 거울을 닦으며
오래 들여다본다.

---

*미인도 : 조선 후기 풍속화가 신윤복의 그림.

담뱃불

깊은 밤
그 누군가
베란다에 나와
담배에 불을 붙인다.

어둠 저쪽
태우던 담뱃불을 조용히 비벼
끄며, 아직도 붉은 시월처럼
뜨거운 혁명의 날들을
기억하는 사람이
있나
보다.

변용(變容)의 가치

—인력(引力)과 배척(排斥) 속의 세계와 나

백인덕(시인)

1.

세계(우주)를 바라보는 방향 중에 크고 장대하고 장렬한 것, 가령, 별의 죽음이나 역사적 단절의 상흔 속에서 인생과 우주의 비밀을 파지한 것처럼 외칠 수도 있다. 아니라면 어차피 과거일 수밖에 없는 찬미, 혹은 회한의 노래를 마치 오늘 저녁 조촐한 저녁식사의 기도처럼 읊조릴 수도 있다. 이것은 순전히 신념, 믿음이 아니라 종교적 자기 확신에 대한 다른 표현일 뿐이다. 하지만 여기 이 지상에는 자기를 믿으며, 회의하며 따라서 소통하며 자기 변혁을 꿈꾸는 아주 작은 존재들이 존재한다. 희미한 강력한 존재의 증거들이 있다.

서윤규 시인은 표상의 세계와 상징의 세계의 변별적 간극, 혹은 표상/상징이 제 기능을 다 했을지라도 시라는 텍스트로 형상화된 작가, 즉 시인의 의미의 소통불가능성에 예민하게 반응하면서 일견 비극적 시관, 인생관을 드러낸다. 현실적인 세계의 개혁이나 개조라는 측면에서 이해하자면, 시인이 되는 것처럼 자기 소모적인 선택은 없을 것이다. 하지만 시인은 이 구조적 정위(定位)의 압력 아래서 어쩔 수 없는 존재의 비극적 상황을 이미지화하는 것 같지만, 자세히 읽어보면 윤리적 차원의 판단보다 미적 차원의 선택/배제가 더 강력하게 작동하고 있음을 알 수 있다. 시인은 표제작인 아래의 작품을 통해 저간의 상황을 명료하게 진술하고 있다.

두부를 보면
비폭력 무저항주의자 같다.
칼을 드는 순간
순순히 목을 내밀 듯 담담하게 칼을 받는다.
몸속 깊이 칼을 받고서도
피 한 방울 흘리지 않는다.
칼을 받는 순간, 죽음이 얼마나 부드럽고 감미로운지
칼이 두부를 자르는 것이 아니라
두부가 칼을 온몸으로 감싸 안는 것 같다.
저를 다 내어주며
칼을 든 나를 용서하는 것 같다.

물어야 할 죄목조차 묻지 않는 것 같다.
매번 칼을 들어야 하는 나는
매번 가해자가 되어 두부를 자른다.
원망 한번 하지 않는 박애주의자를
저항 한번 하지 않는 평화주의자를
두 번이고 세 번이고 죽이고 또 죽인다.
뭉텅뭉텅 두부의 주검을 토막 내어
찌개처럼 끓여도 먹고
프라이팬에 기름을 두르고 지져도 먹는다.
허기진 뱃속을 달래며
눈물 한 방울 흘리지 않는다.

―「두부」 전문

시인은 작품에서 드러나는 비극적 정황을 떠나 "칼을 받는
순간, 죽음이 얼마나 부드럽고 감미로운지/칼이 두부를 자르는
것이 아니라/두부가 칼을 온몸으로 감싸 안는 것 같다."고 진술
하고 있다. 이 진술은 매우 의미심장한 것인데, 구조적 사유를
전개할 때 먼저 결정되어야 하는 주체에 대한 사유를 다시 환기
하고 있기 때문이다. 칼이 주체고 두부가 대상인가, 아니 주체
인 척했던 칼 대신 두부가 주체인가. 그렇다면, 주체의 비폭력
무저항, 순종주의("칼을 드는 순간/순순히 목을 내밀")는 무엇을
의미하며 지향하는가? "두 번이고 세 번이고 죽이고 또 죽"이는
데 그것은 새로운 삶의 밑거름이 된다. 시인이 강조하고 싶었던

것은 "눈물 한 방울 흘리지 않는다."라는 자기질책, 자기징벌의 어떤 지경이었겠지만, 외려 시는 멀리 나간다.

　서윤규 시인의 시집, 『두부는 비폭력 무저항주의자』를 읽으며 앞의 작품을 통해 유추된 몇 개의 질문을 던져볼 수 있었다. 직관이지만 시인의 조촐한, 낮은 음성이 큰 반향/울림의 길항 속에서 전혀 의도하지 않았던 음률을 빚어낼 수도 있다. 대저 음이란 지상을 향해 가라앉으며 그 이면에 닿는 뿌리의 생을 반추하는 것인데, 시각적 이미지로의 환원이 곤란하기 때문에 그 가치와 위상이 축소되었다고 할 수 있다.

　　꽃은 뿌리로부터 가능한 멀리 달아나려고 했다.

　　하늘과 땅, 안과 밖, 어둠과 밝음, 결속과 이탈의 경계에
　서 꽃은
　　꽃대를 밀어 올리며
　　어두운 과거로부터 도망치듯 뿌리를
　　뿌리치려고 했다.

　　뿌리가 흙을 움켜쥐고 있는 사이
　　한 줄기 빛을 향해 곧장 달려가는 꽃의 뒤를
　　살아서 시퍼런 눈을 뜬 이파리가
　　줄기마다 손을 뻗으며
　　바짝 뒤쫓기도 했다.

붕붕,

붕붕,

따끔한 충고의 말을 아끼지 않는 벌에게

정곡을 찔리는 순간, 말문이 막히며

말의 씨앗이 맺히기도 하는

꽃은, 올해도 뿌리마다 얽히고설킨 매듭을 풀며

가능한 멀리 달아나려고 했다.

한 줄기 빛을 따라 한 뼘씩 밀어 올리던 길, 꽃대가

뿌리의 반경 안에 쓰러진다.

허공 저 멀리 달아나던 날들이 또다시 포물선을 그리며

무너져 내리던 날,

연기처럼 가늘게 피어오르는 그 길을 따라

나비가 한 마리 날아가기도 했다.

―「꽃」 전문

　시인은 '꽃'을 말하고 있지만 실은 '뿌리'를 말하고 있다. 한번
바라보자면 꽃은 "하늘과 땅, 안과 밖, 어둠과 밝음, 결속과 이
탈의 경계"에서 꽃대를 피워 올리지만, 그 바람이 "어두운 과거
로부터 도망치는" 것이지만, 이 작품은 아무래도 꽃의 화사보다
뿌리의 곤란이 더 강한 이미지로 다가온다. 아마도 그런 것일

것이다. 시에서 직유란 직접적 비유인 만큼 시적 화자의 심정적 정황을 풀어내는 알맞은 소구가 될 수 있다. 하지만, 독자의 입장에서 본다면 직접적 전언은 상상의 가능성을 축소하는 것이므로, 시적 수법이라는 측면에서 본다면 현대시인은 은유의 후손들인 것이다. 의미적 차원에서 본다면 서윤규 시인의 '숙명성', 아니 그 앞에서의 '절망감'이 '꽃'이라는 대칭적 대상물을 통해 표현되고 있다. 이것은 단순히 현상학적 관찰이 아니라 시인이 인식적 사유로 주체와 객체의 관계를 모색하는 이번 시집 『두부는 비폭력 무저항주의자』의 특징일 것이다.

2.

서윤규 시인은 관념보다 물질성, 특히 살아 있는 감각적 지각의 대상이며 동시에 소통의 상대가 된 활물(活物)적 존재에 대한 지극한 관심을 표출하고 있다. 이것은 생에 대한, 혹은 관한 깊은 인식 혹은 감각적 소여를 바탕으로 한 것인데, 시적 어휘가 사전적으로 표상하는 세계 이전을 겨냥하는 나름의 시적 전략이라 할 수 있다.

> 납작한 몸의 반을 수은으로 바른 뒤
> 나는 거울이란 이름으로 다시 태어났습니다.
> 어느새 나는 수은에 중독된 채

유리의 삶에서 점점 멀어집니다.
나는 습관이고 중독입니다.

—「거울」 부분

낙하지점에 그 무슨 착오라도 있었던 것일까?
언제부터인가 민들레 홀씨처럼
불모의 땅에 불시착한 그를 사람들은
노숙자라고 불렀다.

거리에서 붙여지고 거리에서 불려지는
거리의 이름, 노숙자
언제 그의 성이 노 씨가 되고
숙자라는 이름을 가지게 되었는지는 나도 모른다.

—「거리의 이름」 부분

이번 시집에서 '거울'이 거느리는 많은 계열적 이미지들, 마찬가지로 '노숙자'라고 명명된 존재들, 아니 그 존재들에 대한 명명(命名) 작업을 생각한다. 시인은 유추된 자기로부터 관찰한 타자에 이르기까지 사회의 작은 존재들을 말한다. 일단의 사회경제적 용어를 배제하면서 필자가 '작은 것', 마찬가지로 '낮은데 존재하는'이라고 애써 기술하는 이유는 서윤규 시인이 사용하는 시적 수법이 감정이입이나 공감보다는 관찰이나 보고처럼 객관적 거리를 유지하고 있기 때문이다. 이것은 말을 바꾸면 시인은 자기의 존재 정위(定位)에 그만큼 민감하다는 것인데, 이러한 자세는 '슬픔'의 주체로서 자기를 확립하기 위한 불가피한 경로라 할 수 있다.

오늘은 도축장에 가서 일당을 받고 닭 손질을 하였다.
애벌레가 허물을 벗어놓은 듯 허름한 비닐하우스
속에서 시퍼런 칼날을 들어 닭 모가지를 치고
배를 갈라 내장을 꺼냈다.
한여름 무더위 속에서 낡은 선풍기가
고개를 돌릴 적마다 닭 모가지 비트는 소리를 내며
한숨을 내쉬었다.
푹푹 찌는 무더위와 한숨 속에서
옆으로 기우뚱 관절마디를 꺾으며
비닐하우스 철근이 붉은 녹물을 흘리며 녹아내렸다.
사형 집행하듯 죄 없는 닭 모가지를 내리칠 적마다
눈을 뜨고 죽은 닭, 대가리들이
툭, 툭, 발밑에 떨어졌다.
어느새 닭, 대가리들이 무덤의 봉분처럼 쌓였다.
비닐하우스가 다시 한 번 허물을 벗고 날아오르려는지
부르르 몸부림을 치고
땅거미가 지도록 닭 모가지를 끊고 배를 가르며
내장 가득 핏빛 노을이 되어 고인
닭 울음소리를 긁어낸다.

마지막 남은 닭 모가지를 내리찍는 순간
눈을 반쯤 뜨고 죽은 닭이
반쪽짜리의 삶을 지그시 바라본다.

　　　　　　　　　　　　　　　—「아르바이트」전문

　서윤규 시인은 아파하는 존재다. 그러나 '아파한다'는 일종
의 정의를 공감으로 규정할 것인가, 아니면 '아비투스(habitus)
의 장(場)'으로 이해할 것이냐는 정말 어렵고도 이번 시집을 읽
는 상반된 방향이 될 것이다.
　이 시집을 관찰하는 독자로서 나는 많은 설득적 정보와 마주
하게 된다. 동시대를 살아가며 같은 궤적의 문제에 노출되어 있
기 때문이다. 시인은 이를 적나라하게 「아르바이트」라는 시를
통해 보여준다. 「아르바이트」에서 드러나는 '닭 모가지'를 비트
는 행위나 「입사지원서」에서 엿보이는 "저지대 반 지하 셋방에
서/밤새 곰팡이 썩는 냄새와 씨름을 하며/입사지원서를 쓴다./
이번이 백 번째이다./이번이 정말 마지막이길/여름내 피를 빨
던 모기에게라도 빌어보고 싶어진다."라는 것은 결국 이 세계
에 뿌리내리지 못한, 아니 '꽃'을 제거하려 했던 뿌리의 음성으
로 되돌아온다.
　이번 시집에서 서윤규 시인의 시 세계를 지배하는 정경(情景)
은 '붉은 노을' 아래 '바람' 부는 상실과 휘발의 시공간인 것 같
다. 그리움의 연원, 어떤 상실의 기원을 찾는 것은 고작해야 제

상상력으로 여백을 메워 평지 하나를 만드는 것일 뿐이므로, 시인이 부르는 그리운 이름들을 그냥 남겨두기로 한다. 하지만 그것이 "호미는 이제 더 이상/손에 쥐는 차가운 연장이 아니다./어머니처럼/ 지문 다 닳은 거칠고 투박한 맨손이지만/땀과 눈물이 뼛속 깊이 스며든/따뜻한 손이다./허름한 헛간 한 구석에 등허리 구부러진/호미가 걸려 있다."(「호미」)고 시인이 발견한 것처럼 오랜 시간과 추억의 결정체임이 드러난다. 시인은 아름답게 방해받으며, 그것을 하나의 세계 대응 양식으로 구축한다.

3.

아비투스(habitus)란, 그것이 시적 개념으로 변용될 수 있다면 시대적, 현실적 상황의 압력 아래서 개인적 취향과 신념이 상호 충돌하면서 빚어내는 다른 형태의 자기감응의 형식, 또는 구조화된 힘이라 할 수 있다. 서윤규 시인은 몇 가지 특이점을 갖고 있다는 점에서 앞의 논의에 가깝다 할 수 있다. '거미', '민들레', '바랭이'를 시적 소재로 한 작품들이 여기에 포함될 수 있겠다. 하지만 무엇보다 아름다운 작품은 「자전거」이다.

> 밤늦게 일을 마치고 집으로 돌아가는 길
> 낡은 자전거가 지친 몸을 태운다.
> 꿍―, 낡은 신음소리가 어둠의 바퀴에 감기고 사내는

천천히 페달을 밟는다.
슬슬 두 눈이 감기듯 가늘고 흐린 불빛이 흘러나오는
그의 집에선 만삭의 아내가
만삭의 배를 안고 뜨개질을 한다.
이따금 엄마의 뱃속에서 발을 차며 노는 태아,
머지않아 실타래 같은 탯줄을 풀며 세상 밖
첫 울음을 터뜨릴 것이다.
늦은 밤, 낡은 몸과 지친 몸이 한 몸이 되어
퇴근을 하고 있다.
그는 자전거의 하나뿐인 머리가 되고
자전거는 그의 바퀴 달린 두 다리가 되어
출근길 서둘러 풀어놓은 길들을 곰곰이 되감아 오는 길.
올 풀린 바람이 한 올, 자전거 꽁무니에 매달린 채
길게 따라오기도 한다.
깜빡, 졸음 속으로 빠뜨린 코를 다시 풀어 뜨며
여자는 남자의 무사한 귀가를 한 코 한 코 당겨본다.
그 누가 또 한눈을 팔며
캄캄한 어둠의 코를 한 코 빠뜨린 걸까.
하늘엔 대낮보다 환한 구멍이 하나, 뻥! 뚫린 채
폭죽 같은 달빛을 밤새 쏟아낸다.

                        —「자전거」전문

이 작품이 함축적으로 무엇을 말하고자 하는지는 읽어내기가 쉽지 않다. 낡은 자전거와 일상에 지친 그가 상호소통하며, 서로를 지향하는지도 불분명하다. 그런데 여기에 시적 화자 이상의 층위, 즉 그저 보여주기만 할 가치부여를 유예하는 시인이 개입되면, 그걸 이해하면서 용인한다면 이 시집의 가장 아름다운 작품이 된다. 작품 속 그의 신산(辛酸)에 눈을 둘 것인가, 아니면 "그는 자전거의 하나뿐인 머리가 되고/자전거는 그의 바퀴 달린 두 다리가 되어"라는 목적과 수단의 합일에 집중할 것인가에 따라 시 읽기는 달라진다. 이 짧은 서사가 던져주는 이미지를 보자.

어깨에 힘 빼고
마음을 비워야 한다.
경기 시작 전
운동화 끈을 단단히 조여 매듯
처음부터 끝까지 긴장을 풀지 말아야 한다.
왼쪽 오른쪽, 오른쪽 왼쪽,
적당히 치고 빠질 줄 알아야 한다.
코피가 터지고 머리가 깨져도
무릎을 꿇지 말아야 한다.
한 방 한 방
급소를 찌르듯 정확하고
명확한 펀치를 날려야 한다.
언젠가 한번은

바위보다 더 무겁고

번개보다 더 빠르고

핵폭탄보다 더 무서운 펀치를 날려야 한다.

작은 두 주먹에 목숨을 건

혈전을 벌여야 한다.

—「프로권투와 시(詩)」 전문

시를 향한, 처음이자 마지막 같은 한 편의 작품이 시집 전체를 되돌아보게 한다.

서윤규 시인은 시, 아니 시작(詩作)을 적절하게 '프로권투'와 비교할 줄 안다. "바위보다 더 무겁고/번개보다 더 빠르고", 아, 아름다운 수법이다. 시의 수법에 이처럼 명료한 자기 정의도 없을 것이다. "작은 두 주먹에 목숨을 건/혈전을 벌여야 한다."는 이 처절한 시적 명제도 맞다. 그러나 누구에게 그 '작은 두 주먹'을 날릴 것인가? 문제는 모든 시인은 자기 이상을 꿈꾸면서도 그 자기 이상에 함몰되어 있다는 데 있다. 그렇다면 다시 묻자. 누구에게 그 '작은 두 주먹'을 날릴 것인가? 가장 먼저 '자기(The Self)'에게 주먹을 날릴 줄 아는 시인을, 오늘, 나는, 만났다. 그는 단지 알려지지 않은 시인일 뿐, 단지 그것일 뿐!

이 도서의 국립중앙도서관 출판시도서목록(CIP)은 서지정보유통지원시스템 홈페이지
(http://seoji.nl.go.kr)와 국가자료공동목록시스템(http://www.nl.go.kr/kolisnet)에서
이용하실 수 있습니다.(CIP제어번호: CIP2015013577)

시인동네 시인선 029

두부는 비폭력 무저항주의자

ⓒ 서윤규

초판 1쇄 인쇄　2015년 5월 15일

초판 1쇄 발행　2015년 5월 22일

　　지은이　서윤규

　　펴낸이　고영

　　책임편집　이현호

　　디자인　헤이존

　　펴낸곳　문학의전당

　　출판등록　제311-2012-000043호

　　　주소　서울시 은평구 연서로11길 7-5 401호

　　편집실　서울시 마포구 마포대로 127, 413호(공덕동, 풍림VIP빌딩)

　　　전화　02-852-1977

　　　팩스　02-852-1978

　　　블로그　http://blog.naver.com/mhjd2003

　　전자우편　sbpoem@naver.com

　　　ISBN　979-11-86091-33-3　03810